＊獻給親愛的母親和姊姊怡方＊

Memories

SUMMARY:
On a train ride back home,
the female character looked at her photos from childhood and gradually fell asleep.
In her sleep, memories of hometown, best friends, the kind old man,
the fun oxcart rides...etc., flashed before her, one by one.
With no written text, the illustrations portray loving memories the character has for her mother.
A special story that takes us on a journey through time,
allowing us to reminisce about the precious moments we share and people we love.

想念

文、圖／陳致元　發行人／何壽川
總編輯／張杏如　副總編輯／鄭榮珍
執行編輯／陳曉玲　美術編輯／簡秀娟　生產管理／羅傑書・王文慶
出版／信誼基金出版社・台北市重慶南路二段75號　電話／(02)23913384＜代表號＞
總代理／上誼文化實業股份有限公司　網址／http://www.hsin-yi.org.tw
郵撥／10424361・上誼文化實業股份有限公司　定價／250元
印刷／中華彩色印刷公司　裝訂／精益裝訂有限公司
2000年5月初版　2001年3月初版二刷　ISBN 957-642-618-9（精裝）
行政院新聞局局版台業字第184號

想念

作者／陳致元

信誼基金出版社

台北車站
TAIPEI RAILWAY STATION

剪票口　　月台　開往　車次　　開車時刻
　　　　　　2B　屏東　22 05　7：54

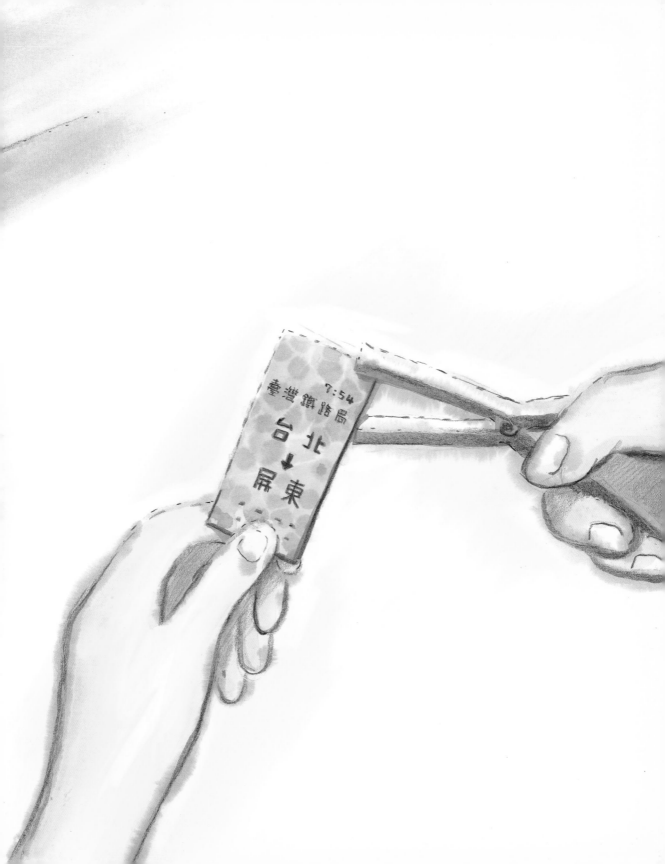

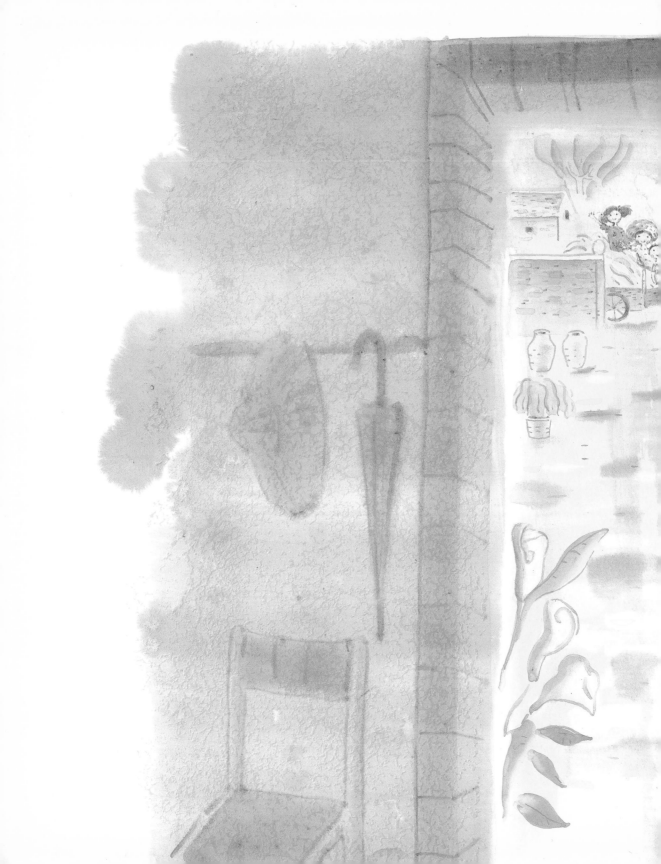

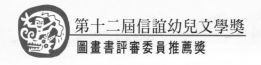

評審委員的話

　　想念是這麼平常的一種心情，以此為故事主題的這本書，情節普通到很難引發一絲驚奇；但作者卻藉著不繁複的顏色與類似電影鏡頭的運用，在整本書淡雅的色調下，掌握了圖畫書的特質，經營出強烈的抒情風格。不靠文字展演出的一個個畫面，無聲地帶領讀者進入夢境與現實交織的模糊領域裡，漸漸地，我們好像聽到了書中女子低聲吟唱的懷念之歌，緩緩地跨越清新柔和的場景，平靜地體會死亡的意義，繼而慢慢地聽到了心裡的細膩震盪與迴響。

　　可以說，這本書精彩動人的不是故事本身，而是構成故事的細節、呈現細節的手法和這些細節構成的力量（可惜的是，有幾個續頁的處理並不流暢，稍顯突兀）。故事一開始，藍色佔據了大部分的畫面；而隨著女子夢到過往，色彩和主角的心都暖了起來。時而遠景、時而特寫的鏡頭，對比出書中女子緩急不定的心情節奏，也將讀者的注意力一步一步地引入這場思念的旅程。在霧氣中的台北街景是模糊的；而女子心裡的繫掛是清楚的。接下來對車票的特寫指出了這段旅程的方向。火車上，靠窗站立的女子是眾多乘客之一；接著的右頁，鏡頭由窗外照向車內，人群成了模糊的背景，只有書中的照片是清楚的，女子心繫之處更明晰了。跨頁的火車奔馳場景後，車廂上的幾個分格並

給爸爸媽媽的話

　　小時候，媽媽時常看著一張張薄薄的老照片沈思。

　　那只是一張張薄薄舊舊，上面塗滿顏色，不能再畫的紙。媽媽看著老照片，好像在思考什麼，一副很憂慮的樣子。額頭上堆起來的皺紋，看起來就像被子上的皺摺。

　　媽媽對著照片，有時微笑、有時流淚，有時也對我說著照片裡的故事。照片裡面有很多我無法理解的東西，我不知道那是什麼，也不想讓自己頭痛。那時我真的不懂一張張薄薄的照片，裡面沒有任何文字，為何卻能說出很多很多的故事。

　　媽媽常說薄薄的老照片，看似很淺，但是裡面很深。那時我真的不懂，很淺裡面怎麼又會很深？真是頭痛！直到現在我也開始在做和媽媽一樣的事情。

置了逐漸靜止的身體與逐漸在兒時世界甦醒活躍的心。夢裡，車廂中的暗藍不敵車外玩伴背後的光亮，黃色與綠色成了在台灣鄉下追逐嬉戲的背景，暗示著像大自然般安舒平和的童年歲月。當女孩伸手將花別在母親鬢旁，又是好幾個連續動作的畫面，這時粉紅不動聲色地加入，與淡藍人物共同出現在跨頁的畫面裡。接著，畫面淡入又淡出，女孩出夢回到當下──溶接女子伸手放花在母親墳上，鏡頭拉遠──再遠，墳在飛舞的蒲公英中不見了，再翻頁只見鏡頭更遠，白色的蒲公英花也模糊了，而草原的遼闊是清楚的，翻到書背，又看到那幾個夢中的孩子，與封面的女孩在一起了。

　　雖然在色調、明度、鏡頭對比之下兩個世界的區隔已很清楚；但作者又以溶接的手法和讓冷、暖色系出現在同一畫面的方式，顯示現實與夢境終究模糊難分──似乎所有的元素都在暗示著：死亡無力阻擋的想念，使得現實與夢之間的界限不再那麼清楚，女孩以及讀者的心因而重新明亮了起來，一如那朵一直沒有改變顏色的紅花。

蔡敏玲（國立台北師院幼教系副教授）

作者簡介

陳致元
1975年生。
喜歡秋天。
喜歡思考一些會使自己頭痛的問題，
最近迷上有關「治療」的任何事情。